Im Fieber

-

Lesbische Liebesspiele

von

Dana Delarue

Nur für Erwachsene!

Die Autorin

... wurde am Meer geboren und lebt direkt an der Küste. Sie schreibt gerne in ihren ganz eigenen Genres, vornehmlich im lesbo-erotischen Bereich. Die sanfte und leidenschaftliche Erotik zwischen Frauen liegt ihr besonders und sie träumt davon, einen erotischen und tiefgründigen Liebesroman zu verfassen. Vielleicht tut sie es bereits ...

Ich hatte keine Ahnung, welcher Teufel mich ritt, als ich Petras Anruf entgegengenommen hatte und mich überreden ließ eine Dildo-Party zu veranstalten. Ich hatte sie seit der Schule nicht mehr gesehen und eigentlich hätte es auch so bleiben können. Sie war schon damals die Klassenschönste gewesen, hatte die meisten und besten Jungs gehabt und hatte ihre Freundinnen je nach Laune mal schlecht, mal weniger schlecht behandelt, aber selten gut. Doch ging, genau wie damals, auch heute noch immer eine Faszination von ihr aus, die man nicht beschreiben konnte. Überall war sie Mittelpunkt gewesen, alle Mädchen hatten sich um sie geschart, nur um in ihrem Dunstkreis zu sein. Vielleicht hatten sie gehofft, den einen oder anderen Boy abzukriegen, den sie fallen gelassen hatte.

Ich hatte den Kontakt zu ihr mit dem Erreichen des Abiturs abgebrochen. Mit dem exzellent guten Abschneiden während der Prüfungen hatte ich genug Stolz entwickelt, um mich aus ihrem Bann zu lösen. Wäre es nach mir gegangen, hätte ich die Beziehung auch nicht wieder aufleben lassen, doch Petra hatte am Telefon wie ein Wasserfall auf mich eingeredet, ihre warme, weiche Stimme hatte sich in mein Unterbewusstsein geschlichen und ihre einschmeichelnden, lobenden Worte mich weichgeknetet. Sie hatte mir nicht nur einen schönen Abend versprochen, der sich in jeder Beziehung auch für mich lohnen sollte, sondern auch eine Überraschung. Damit hatte sie meine Neugier geweckt. Was könnte Petra schon für eine Überraschung parat haben?

Ich hatte mich also wieder einmal überreden lassen und lud nun Freundinnen und Arbeitskolleginnen, die ich für geeignet hielt, zu diesem Abend ein. Überraschenderweise sagten alle sofort zu. Erotik schien also irgendwie ein Thema zu sein, das alle faszinierte. Petra war, wie erwartet, die Schönste von allen. Ihr hübsches Gesicht wurde umrahmt von dunklem, lockigen Haar, das weich über ihre Schultern fiel. Sie trug eine weiße Bluse, natürlich fast durchsichtig, so dass man ihre formschönen Brüste mitsamt ihrer Nippel sehen konnte. Ihr Rock endete eine Handbreit über dem Knie, so dass ihre wundervollen langen Beine gut zur Geltung kamen. Selbst ihre Füße mit den sorgfältig lackierten Nägeln, die in hochhackigen Schnürsandaletten steckten, waren so gekonnt in Szene gesetzt. Ein sinnlicher Duft nach Vanille und Moschus umgab sie und ließ die Fantasie in eigenartige Regionen abgleiten. Sie hatte einen wahrhaft erotischen Duft gewählt. Ich allerdings beobachtete sie mit Argwohn. Irgendwie hatte sie sich gewandelt. Sie war netter, freundlicher und umgänglicher als damals, ging auf alle anderen anwesenden Mädels ein und beantwortete ihre Fragen stets mit einem strahlenden Lächeln. Angesichts der Tatsache, dass es Freitagabend und somit die Arbeitswoche beendet war, hatte ich wohlweislich reichlich alkoholische Getränke aufgefahren und innerhalb kürzester Zeit erreichte unsere kleine Gesellschaft genau die Stimmung, die Petra benötigte, um guten Umsatz zu erzielen. Die Atmosphäre war aufgeheizt, als sie uns ihr Dessous-Programm und die Dildos zeigte. Dabei offenbarten manche meiner Freundinnen Vorlieben und Neigungen, die mich verblüfften. Ganz offen wurden die Dessous anprobiert und es dauerte nicht lange, bis alle halbnackt und lecker verpackt in der Wohnung herumliefen. Einige in Seide, andere in neckischen Spielanzügen und einige sogar in verruchten Leder-Designs.

Petra öffnete den Koffer mit den Spielzeugen und die Mädchen probierten die Funktionen neugierig aus. Das Summen und Vibrieren in ihren Händen ließ sie übermütig werden und schien sie zu mehr zu animieren. Tanja hielt einen der summenden Vibratoren an Gabis Kitzler, als diese etwas breitbeinig auf dem Sofa saß. Gabi quiekte auf und schloss die Schenkel, nur um sie gleich darauf wieder zu öffnen.

„Ich werde verrückt, das geht einem ja durch und durch", stöhnte sie verzückt auf. „Mach weiter, hör nicht auf."

„Hey, Mädels! Das geht dann doch zu weit. Ausprobieren ist nicht. Kauft euch die Spielzeuge und macht es euch damit zuhause, aber nicht hier!" Ich war sauer, denn die Party drohte in einer Orgie auszuarten. War schon dieser Termin gewagt gewesen, so wollte ich nicht noch in der Firma ins Gerede kommen.

Petra rief die Mädchen ebenfalls zur Räson, wählte dabei aber freundlichere Worte. Sie erklärte alle Funktionen und Vorzüge der einzelnen Geräte, auch, welche man für die Vagina und welche man für die Hintertür verwenden konnte. Die Analspielzeuge hatten eine wesentlich stärkere Vibration, waren aber alles in allem kleiner und schlüpfriger als die Vaginalgeräte, um eine angenehme Passform zu garantieren. Dank Petras unerschöpflichem Vorrat konnten alle die von ihnen bevorzugten Dildos sofort mitnehmen. Jede meiner Freundinnen hatte eine volle Papiertüte vor sich auf dem Boden stehen. Es fehlte nicht viel und einige hätten die Sex-Spielzeuge am liebsten gleich hier ausprobiert. Es wurde später und später, bis ich endlich alle hinaus komplimentiert hatte. Nur Petra war noch geblieben, um ihre Schaustücke einzupacken. Ich war echt geschafft und begann, das schmutzige Geschirr und die Gläser abzuräumen.

Petra hatte sich auf das Sofa gesetzt, ihre langen Beine anmutig zur Schau stellend und dabei dem Rock beim Hochrutschen Einhalt gebietend.

„Setz dich zu mir, die Gläser räumen wir nachher zusammen ab", lockte sie mich und klopfte auf das Polster neben sich. Ich ließ mich neben sie fallen, sie reichte mir ein volles Glas Rotwein, nahm selbst eines und stieß mit mir auf den erfolgreichen Abend an. Mit lieben Worten bedankte sie sich bei mir und meinte, ich sei die perfekte Gastgeberin gewesen. Dabei lag ihre Hand auf meinem Oberschenkel. War es der Wein oder das Thema des Abends, der mich ihre Wärme und das leichte Kribbeln spüren ließ, das sich von meinem Magen nach unten ausbreitete? Ich roch ihr schweres, sündiges

Parfum, dessen Süße mir mehr zu Kopfe stieg als der Wein.

„Habe ich dir eigentlich schon gesagt, wie hübsch du aussiehst?", fragte sie unvermittelt und beugte sich leicht zu mir herüber. „Ich mochte dich schon damals in der Schule von allen am meisten. Ich bin froh, dass du mich mit meiner Bitte nicht abgewiesen hast."

Sie kam mir immer näher und ich wich nicht zurück. Das Kribbeln wurde stärker und ich fühlte meine Nippel hart werden. Petras andere Hand streichelte mein Gesicht, legte sich in meinen Nacken und zog meinen Kopf näher zu sich heran. Sanft drückten sich ihre roten Lippen auf meinen Mund und ihre Zunge begehrte Einlass. Sie hatte mich überrascht, doch ich setzte mich nicht zur Wehr. Noch nie hatte ich etwas mit einer anderen Frau gehabt und nun ahnte ich, worin Petras Überraschung für mich bestehen sollte. Petra, früher hinter jedem Jungen her und feuchter Traum jeden jungen Mannes, hatte sich wohl umorientiert und schien nun lesbisch geworden zu sein. Es erschien mir fremd und eigenartig, aber am seltsamsten war, dass es mir gefiel. Ich erwiderte ihren Kuss und unsere Zungen spielten ein total leidenschaftliches Spiel miteinander.

Petras andere Hand rutschte von meinem Oberschenkel aus höher und glitt unter den Saum meines Minirockes. Ich weiß nicht mehr, ob sie meine Schenkel auseinander drückte oder ich sie bereitwillig spreizte. Ich fühlte nur ihre Hand an meiner Scham, spürte, wie ihre Finger unter den Stoff des Slips fuhren und ich wünschte mir, sie möge nicht mit dem aufhören, was sie da tat. Ich half ihr, mich auszuziehen und bald war ich nackt. Ihre Finger waren überall an meinem Körper, streichelten mich, reizten mich, fuhren in meine nasse Höhle und massierten behutsam meinen Kitzler. Ich riss ihr die Sachen vom Leib und tastete über ihren schlanken Körper, kniff sanft in ihre Brustwarzen und hörte ihr leises Stöhnen dicht an meinem Ohr. Ich ließ die Hände tiefer gleiten und spürte, wie feucht ihre Schamlippen waren. Meine Finger drangen in sie ein, behutsam, vorsichtig und sanft. Meine bisher heile Welt stand plötzlich auf dem Kopf. Doch es scherte mich nicht, es war einfach nur wunderbar. Das zärtliche Ineinandergleiten unserer Finger in unsere Körper bescherte mir Gefühle, wie ich sie nur selten gehabt hatte. Dann war da etwas Größeres, das sich in meine Scheide schob. Es vibrierte und schob sich unaufhörlich in mich hinein. Ich streckte meinen Körper und ließ es immer tiefer in mich eindringen, bis ich es an meiner Gebärmutter spürte.

„Gib mir den großen Dildo", keuchte Petra. „Schieb ihn mir hinein." Ich tastete, bis ich ihn irgendwo neben uns auf der Couch fand und schob ihn sanft zwischen ihre zitternden Schamlippen. Ich drückte ihn immer tiefer in ihren schlanken Körper, den ich so oft bewundert hatte. Die vollen Brüste, ihre schlanke Taille und die weiblich gerundeten Hüften hatten mich genauso fasziniert wie ihre langen, wohlgeformten Beine. Und jetzt lag dieser nach Wollust gierende, nach Schweiß und Lust duftende Körper bebend vor Erregung in meinen Armen und ich fickte sie mit ihrem eigenen Dildo. Meine Wangen glühten, mein Blick war voller Faszination auf ihren Schoß gerichtet, in den ich das große Latexexemplar mit drehenden Bewegungen hineinschob. Längst spürte ich den Vibrator, der meinen Körper zum Beben brachte, nicht mehr wirklich. Petras schöner Körper, ihre Vagina, ihr Kitzler und ihre Schamlippen bezauberten mich derart, dass meine Leidenschaft mehr über die Augen angefacht wurde als über eigene Empfindungen. Ja, ein schöner Schwanz konnte mich auch begeistern, aber was ich jetzt fühlte, in dieser Intensität, das war neu. Nie hätte ich auch nur ansatzweise daran gedacht, dass ich eine Frau lieben oder sexuell verführen könnte. Petra richtete sich etwas auf, legte ihr Gesicht an meine Brust und ich spürte ihre Lippen abwechselnd auf meinen Knospen. Sie saugte die kleinen Nippel in ihren Mund und ich spürte ihre Zähne, die behutsam, aber fest an ihnen nagten und ihr saugender Mund machte mich verrückt. Mal fühlte ich den Sog ihrer Lippen nur an den Brustwarzen, dann wieder hatte sie jede einzelne Brust fast ganz in ihrem Mund. Ich schloss die Augen, gab mich ihr völlig hin und spürte erneut, wie der brummende und tanzende Vibrator in meinem Schoß und ihre saugenden Lippen mich fast um den Verstand brachten. Wie wild stieß ich den großen Latexdildo immer tiefer und fester in sie hinein und biss in ihre Schulter, um nicht laut zu schreien als ich kam. Petras Körper zuckte in wilder Ekstase, kleine leise Schreie kündigten ihren Höhepunkt an. Sie warf ihren Kopf zurück, rang keuchend nach Atem und ich sah ihren völlig entrückten Blick. Zuckend lagen unsere Körper halb neben-, halb übereinander, bebend nach diesem unglaublichen Orgasmus.

Automatisch streichelten unsere Hände den Körper der anderen. Es dauerte eine ganze Weile bis wir ruhiger wurden, während sich unsere erhitzten Körper aneinander schmiegten.

„Wenn du willst, bleibe ich heute Nacht bei dir und zeige dir noch einiges, das du nicht kennst", flüsterte Petra und küsste mich zärtlich. Ich wollte. Ohja! Und wie ich wollte.

Diese Frau war ein Wunder. Ich kannte sie ganz anders und die Petra von damals mochte ich gar nicht. Doch daran erinnerte heute nichts mehr. Wir standen gemeinsam unter der Dusche und sie seifte meinen Körper ein, dass ich mir auf die Lippen biss, um nicht laut aufzustöhnen. Ihre seifigen Hände waren überall, sie ließ keinen Körperteil aus und manche wusch sie besonders intensiv. Ich war so in Fahrt, dass ich mich verzweifelt an der Duschstange festzuhalten suchte, um nicht mit gespreizten Beinen auszurutschen und in die Wanne zu fallen. Plötzlich glitten ihre Finger von meinen Pobacken zur Mitte, fuhren durch die Spalte zwischen den knackigen Halbkugeln und drückten behutsam, aber fest gegen meinen Schließmuskel. Von der Seife ganz rutschig drangen zwei Finger in mich ein und ich protestierte lautstark: Das war das verkehrte Loch. Dort wollte ich das nicht. Doch Petra lachte leise.

„Halt still", forderte sie und küsste mich, um weiteren Protest zu unterbinden. Ganz tief drangen ihre Finger in mich ein, die Seife brannte etwas, doch dann zog sie sie zurück. Petra griff nach der Brause. Mit wenigen Handbewegungen drehte sie den Brausekopf vom Schlauch, aus dem das lauwarme Wasser sprudelte. Kurzerhand schob sie ihn mir in die Scheide.

„Ich mache dich sauber, ganz tief", sagte sie leise, während das Wasser aus mir herausperlte.

„Bücken!", forderte sie und ich beugte mich vor. Ich spürte den Schlauch in meinem Po, doch das Wasser rann nicht heraus, es blieb dort. Mein Bauch blähte sich auf, wurde dicker und dicker und bald hielt ich den Druck nicht mehr aus und flüchtete auf die Toilette. Petra lachte leise und spülte sich ebenfalls alle Löcher aus. Sie war kein wenig zimperlich dabei und ließ das Wasser einfach in die Wanne laufen.

„Ob es dort oder hier weggespült wird, spielt keine Rolle", meinte sie, schraubte den Brausekopf wieder auf den Schlauch und spülte alle Reste sauber fort. Dann griff sie das Duschtuch und trocknete sich ab, während ich mich abmühte, das ganze Wasser wieder aus meinem Bauch zu bekommen.

Petra wartete bis ich fertig war und wickelte mich ebenfalls in ein Duschtuch. Sanft rubbelte sie mich ab.

„Sag ehrlich, es gibt doch nichts Schöneres, als überall das Gefühl von Sauberkeit zu haben."

Ich fühlte die wohlige Wärme und Sauberkeit und stimmte ihr zu. Während ich ins Schlafzimmer ging, hörte ich, wie sie im Wohnzimmer alles in ihre Koffer zurückpackte. Ich erschrak. Hatte sie nicht gesagt, sie wolle bei mir übernachten? Waren ihre Worte heute doch genauso wenig wert wie damals? In mir stieg Verbitterung auf. Ich war ihr wieder auf den Leim gegangen. Gleich würde ich erneut allein in meiner Wohnung sein, aufgeheizt durch ihre Hände und Küsse. Alle meine Gedanken und Befürchtungen lösten sich im Nichts auf und ich atmete erleichtert auf, als sie mit ihrem Koffer in der Hand nackt in der Tür stand.

„Wir probieren alles aus, okay?", flüsterte sie, als sie mich küsste. Den Koffer hatte sie geöffnet auf einem Stuhl neben dem Bett platziert und mein Blick fiel auf die vielen

Spielzeuge, die mir eine unvergessliche Nacht versprachen.

Petra zog mich in ihre Arme und ich spürte ihren nackten Körper an meiner Haut. Sofort waren meine trüben Gedanken von eben verflogen, die feinen Härchen an meinen Armen und im Nacken richteten sich auf und überall begann es zu kribbeln. Am meisten kribbelte es zwischen meinen Beinen, dort, wo ich bereits wieder feucht wurde. Sie schob mich zum Bett und drückte mich auf die Laken. Dann war sie über mir und streichelte mich mit ihren Brustwarzen am ganzen Körper. Es kribbelte wie elektrischer Strom, als sie mit ihren Brüsten meine Nippel massierte, die so hart waren, dass ich glaubte, sie müssten gleich platzen. Ich wollte sie an mich ziehen und sie küssen, doch sie tauchte unter meinen Armen weg. Ihr Kopf bewegte sich abwärts. Ihre Zunge spielte in meinem Bauchnabel, glitt tiefer und gab meinem Kitzler eine zarte Sonderbehandlung, bis ich laut stöhnend meine Hände in die Laken krallte. Ich fasste es nicht: Sie hatte doch eben erst begonnen, mich zu liebkosen und ich war bereits wieder auf dem Weg zu einem weiteren Höhepunkt.

„Dreh dich um“, forderte ihre samtweiche Stimme. Ich gehorchte und drehte mich auf den Bauch. Ich wusste nicht, wozu das gut sein sollte, doch dann spürte ich ihren heißen Atem in meinem Nacken, ihre weichen Lippen, die über meine Schultern und meinen Rücken wanderten. Schauer liefen durch meinen Körper und ließen alle meine Sinne erwachen. Ich drehte mich unter ihr leicht zu den Seiten, so dass sie erkennen musste, an welcher Stelle ich sie spüren wollte. Ihre Zunge leckte an meinen Achselhöhlen, an meiner Taille, ihr Mund saugte sich an meiner Hüfte fest und glitt dann tiefer, dorthin, wo eben noch ihre harten Nippel auf meinen Pobacken gewesen waren. Behutsam drang ihre Zunge in die lange Kerbe zwischen ihnen und fuhr sie der Länge nach hinauf und hinunter. Zärtlich zog sie meine prallen Bäckchen auseinander und ihre Zunge begann ein intensives Spiel mit meinem Anus. Speichel tropfte auf den Schließmuskel, dann drang ihre Zunge ein. Ich keuchte überrascht auf, als ich das betörende Spiel ihrer Zunge in mir fühlte, die sie mir so tief wie nur irgendwie möglich hineinsteckte. Ich fühlte ihre Finger an meinen feuchten Schamlippen, wie sie sich hineinzwängten und in den nassen Schlund eintauchten. Sie fanden meinen G-Punkt. Er musste es sein, denn ich explodierte schlagartig in einem unbeschreiblichen Höhepunkt.

Schweratmend lag ich in ihren Armen, streichelte ihre erogenen Zonen am ganzen Körper und versuchte, langsam einen klaren Kopf zu bekommen. Petra schmiegte sich an mich, nahm sanft meine Hand und führte sie dorthin, wo sie mich jetzt am dringendsten brauchte. Meine Finger tauchten ein in ihre Nässe, denn sie war so erregt, dass es nicht mehr viel bedurfte, um auch sie zum Höhepunkt zu bringen. Zumindest dachte ich das. Ich spürte, wie sie mir mit der anderen Hand einen ihrer Lieblingsdildos zwischen ihren Beinen zuschob, mit dem ich sie beglücken sollte. Er war nicht gerade klein, aus Latex und über und über mit Noppen bestückt, die seinen Schaft sehr rau gestalteten. An seinem Ende hing ein Schlauch, der in einem Gummiballon endete. Mit ihm konnte man den Phallus aufpumpen. Ich hatte so meine Bedenken, aber wenn sie ihn wollte ...

Sie stöhnte laut auf, als ich ihr den Prachtprügel zwischen die Schamlippen schob, ihn hin und her drehte und dabei immer tiefer mit ihm in sie eindrang.

„Ganz tief, schieb ihn ganz rein", hechelte sie. Ich bekam große Augen, als das Ding in ihr verschwand. Nur der Schlauch mit dem kleinen Blasebalg befand sich noch draußen. Doch Petra hielt mir einen weiteren Latexphallus hin und ich sah sie verwundert an.

„Für hinten", flüsterte sie. „Mach schnell! Fick mich mit beiden."

Ich schob ihn zwischen ihre beiden perfekten Pobacken und setzte ihn an ihrem Anus an. Fast mühelos drang er durch den Schließmuskel und verschwand tief in ihrem Po.

So etwas hatte ich noch nie erlebt. Nicht im Traum hätte ich gedacht, dass man dabei Lust verspüren kann, doch Petra hob fast ab vor Erregung. Sie wand sich in meinen Armen und pumpte dabei den aufblasbaren Dildo in ihrer Scheide weiter auf. Ich musste mich anstrengen, um den hinteren Dildo noch in ihren Arsch zwängen zu können. Doch sie drehte sich ein wenig auf die Seite und hob mir ihre knackigen Pobacken entgegen. Ich stieß das Gummiding in sie hinein, wie sie es wollte. Hart und fest und schnell. Ihr Mösensaft lief bereits über meine Hände und dann kam sie mit unglaublicher Wucht. Ihr Körper bäumte sich auf, laut schrie sie mir ihre Lust entgegen, biss in die

Kissen und sank dann erschöpft auf die Laken. Ihr Körper zuckte und bebte. Wenn ich sie berührte, verkrampfte er sich erneut und sie ließ ein lautes Stöhnen hören.

„Zieh mir die Dinger raus, aber lass die Luft drin", keuchte sie. Zuerst befreite ich sie von dem Teil in ihrem Po, denn den konnte ich noch gut fassen und ihn herausziehen. Dann zog ich an dem Schlauch, der aus ihrer Scheide hing. Der Widerstand war enorm, und ich zog und zog. *So ungefähr muss eine Geburt stattfinden*, dachte ich. Und dann dehnte sich ihre Scheide weit auf und ein unglaublich großer Ballon ploppte heraus. Petra schrie erneut laut auf und ganz offensichtlich wurde sie von einem weiteren Höhepunkt geschüttelt. Ich nahm sie in meine Arme, streichelte und küsste sie. Diese Frau war einmalig. Und sie war mir im Wissen um die weibliche Sexualität weit voraus. Was wusste sie noch alles, von dem ich nicht einmal zu träumen wagte? Würde ich jemals so weit kommen, um mit mir das zu tun, was ich gerade mit ihr getan hatte? Wie würde es sich anfühlen, wenn in mir so ein Ding prall aufgepumpt würde? War das überhaupt möglich, ohne mich zu verletzen? Allein der Gedanke daran entsetzte mich, doch noch beunruhigter war ich, als ich merkte, dass ich dabei geil wurde. In mir wuchs eine innere Spannung, die ich immer dann hatte, kurz bevor ich mich selbst befriedigte. Und wenn ich mir vorstellte, dass Petra mit mir ... Ich biss mir auf die Unterlippe, um nicht leise aufzustöhnen. Doch da war Petras leises Lachen, das mir zeigte, wie genau sie mich mittlerweile kannte. Sie schien zu wissen, was in mir vorging.

„Möchtest du?", fragte sie leise und griff nach dem prallen, aufblasbaren Dildo. Ob ich den wollte? Nein, niemals! Dieses unmögliche Ding, das ihr gerade so viel Spaß gemacht hatte? In mir? Ich schaute sie aus weit geöffneten Augen an, mein Atem ging heftig und mein Puls schlug wie eine Pauke in meinen Adern.

„Nein", wollte ich sagen, aber ich brachte nur ein leises Stöhnen zustande. Und ich öffnete meine Schenkel beinahe zwanghaft. Doch meine Erregung war diesmal eine andere. Ich war viel zu trocken, als dass Petra das Ding hätte in mich hineinstecken können. Sie griff nach dem Gleitgel und ich hörte das leise Zischen, mit dem sie das kühle Gel auf meine Maus sprühte. Ich legte mich auf den Rücken und schloss die Augen. Sollte sie doch tun, was immer sie tun wollte. Ich wollte es nicht sehen, nur spüren. Und ich spürte, wie sie das Gel um meine Lustgrotte herum verteilte. Ich hörte, wie sie den Dildo soweit aufpumpte, dass er steif genug war, um ihn mir reinstecken zu können. Und dann kam er, zwängte meine Schamlippen auseinander und glitt hinein in meine dunkle Höhle, die er nun gleich mehr als ausfüllen sollte. Er war rau und jede einzelne Noppe verursachte ein prickelndes Gefühl in mir. Angst beflügelte meinen Blutdruck noch weiter. Würde sie ihn, wie bei sich, ganz hineinstecken können? Er war riesig, wenn er aufgepumpt war. Doch noch spürte ich Petras Finger, die ihn führten und die mich mit dem Dildo sachte und zärtlich fickten. Da waren aber noch zwei weitere Finger, die sich in meinen Anus bohrten und ein erregendes, zärtliches Spiel in meinem Darm begannen. Mühelos glitten sie hinein und hinaus und ich konnte nicht sagen, welches Gefühl mich mehr anmachte. Ich hörte, wie Petra den Dildo behutsam weiter aufpumpte, so dass er meine Scheide etwas dehnte. Immer noch fickte sie mich mit dem Ding, versuchte aber nicht, es ganz hineinzuschieben.

In mir wuchs eine Spannung, die ähnlich war wie eine sexuelle Erregung. Ich glaubte, mir bliebe vor Aufregung der Atem weg und ich stieß keuchend die Luft aus, die ich unbewusst angehalten hatte. Der Latexdildo dehnte sich immer weiter und mit ihm meine Scheide. Dann flutschte er komplett in mich hinein und Petra pumpte erbarmungslos weiter. Der Druck in meinem Unterleib wuchs und wuchs. Längst hatte ich ihre zwei Finger in meinem Po vergessen und konzentrierte mich ganz auf das, was sie mit meiner Vagina trieb. Der Dildo drückte gegen meine Gebärmutter und wurde noch immer größer. Meine Hand tastete sich nach unten, erreichte meinen Kitzler und begann, ihn zu reiben. Mit der anderen Hand knetete ich meine Brüste. Ich hörte weder mein Stöhnen noch meine Schreie, als mich ein Orgasmus der Superlative überfiel und meinen Körper schüttelte. Es war wohl so ähnlich, als wenn ich Wehen hätte. Meine Scheidenmuskeln arbeiteten und zogen sich konvulsivisch zusammen, pressten das Riesending aus mir heraus und ich schrie und schrie. Tränen liefen über mein Gesicht und ein unglaubliches Glücksgefühl durchströmte mich. Petra beugte sich über mich und küsste mir das salzige Nass von den Wangen. Ihre Lippen streichelten mein Gesicht und meinen Mund, den ich noch immer zum Atmen brauchte. Keuchend und nach Luft schnappend lag ich da. Ich fühlte, wie sich Petra zu mir legte, spürte ihren warmen Körper neben mir und schmiegte mich an sie. Ich wurde ruhiger und ich war erschöpft wie nie zuvor. Traumlos schlief ich ein.

Der Duft von frisch gebrühtem Kaffee weckte mich. Petra war viel früher aufgewacht als ich und stand bereits, fertig geduscht und nur mit einem Duschtuch bekleidet, im Bad. Sie wusch all ihre Sexspielzeuge, die wir gestern benutzt hatten, in einer antiseptischen Lösung im Waschbecken. Ich trat von hinten an sie heran, umarmte sie und küsste ihren Hals und ihren Nacken.

„Guten Morgen", murmelte ich dabei verschlafen. „Du bist schon wieder fleißig?"

Sie lachte leise und schob mich mit ihrem Po ein wenig von sich.

„Klar, ich muss doch meine Ausstellungsstücke wieder einsatzfähig machen. Heute Nachmittag habe ich eine weitere Verkaufsshow."

Jetzt war ich hellwach. Sie würde mich verlassen, um zu einem weiteren Verkaufstermin zu gehen. War ich im Grunde auch nur einer ihrer Termine gewesen? Wen würde sie nachher besuchen? Kannte ich die Frauen, mit denen sie nachher mehr oder weniger intim werden würde? Und wenn es mehr wurde? So wie bei mir? Wem würde sie in der nächsten Nacht ihre Finger und Dildos in die Körperöffnungen stecken? Ich wollte sie nicht teilen! Mit niemandem. Oder wollte ich nur kein Irgendein-Date sein? Ich fühlte mich schon wieder benutzt.

„Du Schaf!", wies sie mich zurecht, drehte sich um und küsste mich. „Ich verdiene mein Geld damit, gut und viel. Und meistens zu den Wochenenden, wenn am nächsten Tag niemand arbeiten muss. Aber das hat nichts mit dir zu tun. Das, was heute Nacht zwischen uns war, ist etwas Besonderes. Das mache ich nicht mit jeder und auch nicht zu jedem Termin." Sie machte eine Pause. „Weißt du, was das Schöne an dir ist? Man kann deine Gedanken in deinem Gesicht ablesen. Man muss dich nicht einmal so gut kennen wie ich. Dein Gesicht spricht Bände. – So! Und nun komm frühstücken. Ab in die Küche."

Mangels frischer Brötchen löffelten wir beide unser Müsli und tranken Kaffee. Ich konnte mir nicht helfen, aber so sehr ich sie damals abgelehnt hatte, so sehr wünschte ich mir jetzt, sie immer in meiner Nähe zu haben. Dann kam der Abschied. Petra musste los. Ich half ihr, das Gepäck zum Wagen zu bringen und als sie sich umdrehte, sah sie die Tränen, die meine Augen füllten und die ich mühsam zu unterdrücken versuche.

„Hey, Kleines! Ich muss vorher noch einkaufen. Soll ich uns was Schönes für heute Abend mitbringen? Wünsch dir was. Ach, egal, ich lasse mir was einfallen." Sie griff in ihre Tasche und nahm etwas Silberfarbenes heraus. Es war ihr Wohnungsschlüssel, den sie mir in die Hand drückte.

„Du weißt, wo ich wohne. Das ist ein Zweitschlüssel. Behalte ihn. Ich denke, dass ich gegen acht Uhr daheim sein werde. Es wäre schön, wenn du da wärest."

Ich schniefte und war unfähig, etwas zu sagen. Sie lächelte mich an, hauchte mir einen flüchtigen Kuss auf die Lippen und stieg in den Wagen. Ein kurzes Winken und sie brauste davon. Ja, ich wusste, wo sie wohnte. Das Haus stand in einer piekfeinen Gegend und sie hatte es von ihren Eltern geerbt, die bei einem Verkehrsunfall ums Leben gekommen waren. Ich hätte allerdings nicht gedacht, dass sie dort allein wohnen würde. Ich war früher mal dort gewesen, als sie eine Gartenparty veranstaltet hatte. Ich war gegangen, als der Alkoholpegel bei einigen so hoch gestiegen war, dass sie mitsamt ihrer Klamotten in den Pool gesprungen waren. Als am Montag drauf alle mit einem süffisanten Grinsen in der Schule erschienen, hatte ich mir geschworen, niemals nach dem Ausgang des Abends zu fragen.

Mein erstes Mal hatte ich, als ich mit dem Abitur fertig gewesen war und überlegte, ob ich studieren sollte. Doch dann hatte es sich ergeben, dass ich eine Ausbildungsstelle zur Bankkauffrau fand, die noch dazu gut bezahlt war. Ein wirklich netter Junge aus dem dritten Ausbildungsjahr erwies sich als mein Mentor, der nicht nur sein Fachwissen als Banker an mich weitergab. Er hatte mir auch sonst so einiges beigebracht, das in mir nie die Frage nach meiner sexuellen Orientierung aufkommen ließ. Ich hatte ihn gemocht und ich hatte seinen harten Schwanz in meinem Mund und meinem Fötzchen gemocht. Er schmeckte gut, etwas salzig, aber nicht unangenehm. Aus heutiger Sicht war es aber nichts Ernstes gewesen. Mehr ein Dankeschön für seine Unterstützung während der Lehre. Jedenfalls nicht vergleichbar mit den Gefühlen, die gerade für Petra in mir aufstiegen. Sie waren anders und getragen von einer inneren Sehnsucht nach ihrer Gesellschaft und einem Wohlgefühl, wenn sie da war. Doch jetzt gerade fühlte ich mich alleingelassen, verloren und orientierungslos. Ich beschloss, zurück in meine Wohnung zu gehen und darauf zu warten, dass der Tag vorbeiging.

Ich lag in meiner Badewanne im warmen Wasser und versuchte, mich ich in einem wundervoll duftenden Schaumbad zu entspannen. Doch selbst darauf konnte ich mich nicht konzentrieren. Mein Blick schweifte über den Rand der Wanne zu dem Hocker, auf dem Petras Abschiedsgeschenk lag. Ich hatte es auf meinem Bett gefunden, als ich mich im Schlafzimmer für das Schaumbad ausgezogen hatte. Es war ein Vibrator in Form eines Eis mit Stiel und Fernbedienung, sowie der sagenhafte, aufblasbare Dildo. Ich überlegte. Was wollte sie mir damit sagen? Vielleicht nichts, außer dass ich mir einen vergnügten Tag machen sollte? Ohne sie? Ich schloss meine Augen, legte mich in der Wanne zurück und tauchte bis zum Kinn in das warme Wasser ein. Ich spürte, wie das Kribbeln in meinem Schoß anfing und sich die Spannung aufbaute, die ich nur zu gut kannte.

Wie schön wäre es, wenn ich jetzt Petras Finger an meinem Schoß fühlen könnte. Ihre sanfte Massage meines Kitzlers und das behutsame Eindringen in meinen Lustbereich. Aber es waren meine eigenen Finger, die mich streichelten und liebkosten und sich in meine nasse Möse schoben. Es war schön, aber eben nicht so schön, wie es hätte sein können, wenn sie bei mir gewesen wäre. Wieder huschte mein Blick zu dem Hocker, auf dem ganz unschuldig die Spielzeuge lagen. Sie hatte gesagt, der Vibrator sei absolut wasserdicht. Sollte ich ...? Mein Arm schnellte aus der Wanne und zog dabei einen mächtigen Schwall Badewasser mit, der eine mittelprächtige Überschwemmung verursachte. Doch das war egal. Ich griff das Spielzeug, tauchte es unter Wasser, führte es in meine bebende Vagina ein und drückte an der Fernbedienung auf Start. Sanfte Vibrationen brachten meinen Körper in lustvolle Wallung, und ich steigerte ihre Intensität. Was für ein Gefühl! Erneut ging mein Blick zum Hocker und ich griff nach dem Dildo. Ich wollte es jetzt wissen! Ich pumpte ihn soweit auf, dass er fest in meiner Hand lag und drehte mich ein wenig auf die Seite. So konnte ich ihn an mein Hintertürchen führen und drückte fest gegen meinen

Schließmuskel. Es war nicht unangenehm, als er in mich hineinrutschte. Die Noppen an seinem Schaft erzeugten ein fremdes Gefühl, doch auch das nahm ich nur am Rande wahr. Er drückte jetzt auf die Stelle, an der vorne der eiförmige Vibrator steckte, zwängte sich an ihm vorbei und es wurde eng. Aber es wurde auch schön, da sich die Vibrationen nun noch weiter verbreiteten. Ich hatte die Augen geschlossen, lauschte der Erregung, die von mir Besitz ergriffen hatte und einfach nur wunderbar war. Ich legte mich wieder auf den Rücken, hatte jedoch eine Hand unter meinen Po geschoben, um den Dildo zu führen. Er steckte weit in mir drin und ich begann, ihn weiter aufzupumpen. Ich erschrak, als er ohne mein Zutun vollständig in mich hineinrutschte und sich mein Schließmuskel um den Schlauch schloss. Der Schreck machte einem geilen Gefühl Platz. Noch nie fühlte ich mich so ausgefüllt und was ich nie gedacht hätte: Es erregte mich ungemein! Ich pumpte immer weiter, verstärkte die Vibrationen bis zum Maximum und hörte mich selbst laut stöhnen. Ich kam und bäumte mich dabei in der Wanne so heftig auf, dass ein weiterer Tsunami über meinen Badezimmerboden schwappte. Oh, mein Gott! Ich hätte nie gedacht, was Petra in meinem Leben anrichten würde. Und ich meine jetzt nicht die Überschwemmungen im Bad. Ich wusste nur eines: Sie fehlte mir. Ich kam langsam zu mir und entledigte mich der kleinen Helferlein. Nachdem ich den halben Atlantik zurück in die Wanne gefeudelt hatte, begann ich, mich herzurichten. Und ich verwendete viel Zeit und Aufmerksamkeit damit. Die Rasur der Achseln und meines Venushügels machten mir zum ersten Mal im Leben wirklich Spaß und ich kratzte alles, was nach Flaum und Haaren aussah, von meinem Körper. Dann waren die Beine dran. Was hatten die Männer es doch gut: Sie brauchten nur ein paar Haare im Gesicht abzukratzen. Oder ließen es einfach wuchern. Ich mochte bärtige Männer. Nur zu gerne kraulte ich in dem festen Haar unterm Kinn. Auch weiter unten hatte ich nichts dagegen. Es gehörte für mich einfach irgendwie dazu.

Ich zog nicht viel an, denn es war warm und sonnig draußen und ein winziger Slip und ein Neckholder-Mini ohne BH reichten völlig aus. Die Uhr zeigte noch nicht einmal fünf an, als ich bei Petra vor der Haustür stand. Ihr Wagen war fort, also dauerte ihr Termin noch an. Sollte ich, nein, durfte ich ihr Haus betreten, solange sie fort war? War es nicht ein Vertrauensbeweis, mir einfach den Schlüssel zu geben? Doch hätte sie ihn mir gegeben, wenn sie nicht gewollt hätte, dass ich auch allein bei ihr ein- und ausgehen könnte? Nervös fummelte ich den Schlüssel ins Schloss und öffnete langsam die Tür. Irgendwie erwartete ich, dass jeden Augenblick ihre Eltern aus einem der Räume kommen und mich begrüßen würden, so, wie es früher gewesen war. Dann wurde mir klar, dass das niemals mehr passieren würde. Ich war allein in dem Haus und schaute mich um. Die Räume waren hell und freundlich eingerichtet, die dunklen Möbel ihrer Eltern waren verschwunden. Alles wirkte aufgeräumt und sauber. Ein Stil, der zu Petra passte. Ich hätte mir keinen anderen vorstellen können. Ich ging umher und schwelgte in Erinnerungen. Dann drückte ich eine Tür auf und stand in ihrem Schlafzimmer. Auch hier helle Farben und klare Linien. Auf einem der Nachttische stand ein Bild und ich nahm es in die Hand in der Erwartung, dass es ihre Eltern zeigen würde. Zwei Personen, nebeneinander Arm in Arm, waren darauf zu sehen. Petra und ich vor vielen Jahren. Tränen schossen in meine Augen und ich fing haltlos an zu schluchzen. Meine

Gedanken jagten im Kreis und flogen zurück in unsere gemeinsame Jugend. Ja, wir hatten einiges gemeinsam unternommen und doch war die Petra von damals mir eher fremd geblieben. Im Nachhinein betrachtet hatte ich mir allerdings in ihrer Gegenwart mehr erlauben dürfen als andere, das wurde mir schlagartig klar. Ich war immer ein klein wenig mehr bevorzugt worden als andere Freundinnen und Freunde. Es war mir nie aufgefallen. Vielleicht hatte sie damals einfach so sein müssen, um sich selbst zu finden? Waren wir in unserer Jugend nicht alle auf der Suche nach uns selbst gewesen? Und wie oft hatten wir uns wie Blinde im Nebel gefühlt, die nach etwas tasteten, ohne es jemals zu fassen zu bekommen. Petra hatte sich gefunden. Sie führte das Leben, das sie mochte und scheinbar fehlte darin nur eines, um es auch zu lieben: Ich!

Ich schniefte, wischte mir die Tränen fort und stand vom Bett auf. Ich hatte mich kraftlos darauf fallen lassen, als mich die Erkenntnis wie ein Hammerschlag getroffen hatte. Wie ein geprügelter Hund schlich ich aus dem Raum und fand den Weg in die Küche. Auf dem Herdblock lag ein Zettel mit Petras Handschrift:

Hallo, mein Kleines. Schön, dass du da bist. Ich habe mir gedacht, dass wir heute Abend Pimmel im Schlafrock essen. Bist du so lieb und bereitest alles vor? Bis nachher, ich freue mich auf dich.

Ja, ich freute mich auch auf sie. Wenn doch nur die Uhrzeiger weiterrücken würden. Und was, um alles in der Welt, waren Pimmel im Schlafrock? Ich hatte das nie gehört. Es klang witzig, aber ich hatte keine Ahnung, was das sein sollte. Ich ging zurück ins Wohnzimmer, öffnete die Terrassentür weit und wurde von den Lichtreflexionen geblendet, welche die Sonne auf dem Wasser im Pool verstreute. Ich zog meine Schuhe aus und steckte einen Fuß in das Wasser. Es war herrlich warm und lud mich zu einer Runde Fitness ein. Was ich natürlich nicht hatte, war ein Badeanzug. Mein Blick fiel auf die angebrochene Flasche Rotwein, die auf der Anrichte stand. Ein kleines Schlückchen würde mir den Mut machen, den ich brauchte, um mich nackt in den Pool zu werfen. Ich fand die Gläser, schenkte mir ein und nahm einen ordentlich Zug. Teufel, war das ein Stöffchen! Ich nahm Glas und Flasche mit hinaus und stieg in das Schwimmbecken. Es war herrlich. Ich machte ein paar Züge und spürte, wie sich meine Laune verschlechterte. Ich wurde wütend. Wütend auf mich selbst, weil ich bisher stets so schlecht von meiner Freundin gedacht hatte. Ich hatte das gleiche Bild von uns irgendwo in den Tiefen meiner Jugendfotos vergraben und es nach meiner Schulzeit keines Blickes mehr gewürdigt. Meine Züge wurden energischer und wilder. Ich pflügte durch das Wasser, kraulte die kurze Strecke unzählige Male hin und her und fühlte, wie es mich langsam wieder auf den Boden zurückholte. Meine Wut verrauchte und das Wasser oder das Workout löschten die Flammen meines Zorns. Ich hatte dabei nicht einmal bemerkt, dass jemand das Haus betreten hatte und nun auf der Terrasse stand und mir zusah. Petra hielt mein Weinglas in der Hand und trank einen Schluck. Sie genoss ganz offensichtlich den Anblick meiner Nacktheit, mit der ich durch den Pool kraulte. Um ihre vollen Lippen lag ein sehr zufriedenes Lächeln. Als sie sah, dass ich sie bemerkt hatte, hielt sie mir ein Badetuch entgegen. Ich fühlte mich ertappt, senkte den Blick und stieg aus dem Wasser. Sie kam mir entgegen und wickelte das Tuch um meinen Körper. Dann nahm sie mich in den Arm.

„Ich wusste nicht, ob du kommen würdest. Ich war mir nicht sicher. Ich finde es schön, dass du hier bist." Sanft legten sich ihre Lippen auf meine, ihre Zunge schlüpfte in meinen Mund und die Welt versank um mich herum. Ja, es war schön, dass ich hier war, bei ihr. Aber wo sollte ich auch sonst sein? Alles kam, wie es kommen sollte, geschah ohne mein Zutun und ich war zum ersten Mal in meinem Leben der Vorsehung dankbar. Zärtlich umarmte ich sie, wobei mir das Badetuch von den Schultern rutschte.

„Ich muss dir was gestehen", hauchte ich und sie runzelte die Stirn.

„Hast du was angestellt?", wollte sie wissen.

„Quatsch! Aber ich habe keine Ahnung, was Pimmel im Schlafrock sind." Petra fing laut an zu lachen und ich merkte, wie befreit sie war. Sie hatte mit Schlimmerem gerechnet.

„Auch wenn es mir bei deinem Anblick äußerst schwerfällt, das zu sagen, aber ich habe Hunger. Zieh dir bitte etwas über und dann komm in die Küche. Ich zeige dir, was das ist", hauchte sie mir ins Ohr und ich spürte ihren heißen Atem in meinem Gesicht. Am liebsten hätte ich jetzt etwas ganz anderes gemacht, doch ich tat, was sie wünschte. Sie hatte einen langen Arbeitstag gehabt und auch mir knurrte der Magen. Doch ich zögerte.

„Bedien dich in meinem Kleiderschrank. Du wirst etwas Passendes finden", lächelte Petra. Wieder hatte sie meine Gedanken erraten. Ich musste wirklich wie ein offenes Buch für sie sein. Im Schlafzimmer gab es keinen Kleiderschrank, das wusste ich. Was hatte ich übersehen? Ich fand eine unscheinbare Tür, die in ihr Ankleide- und Schrankzimmer führte. Mode von ausgewählten Designern hing und lag in den Fächern und ich wählte einen bequem aussehenden Jumpsuit und schlüpfte hinein. Wohlweislich verzichtete ich auf Unterwäsche. Ich wollte es Petra nicht schwerer machen als unbedingt nötig und ging zu ihr in die Küche. Sie hatte eine Rolle fertigen Croissant-Teig aufgebrochen und zerlegt. Die einzelnen Dreiecke belegte sie nun mit rohem Schinken, Goudascheiben und war gerade dabei den Saft aus einem Würstchenglas abzugießen. Sie zwinkerte mir zu.

„Reicht dir diese Größe? Sonst hätte ich auch große Knacker oder wenn du lieber eine ordentliche Fleischwurst möchtest ...?" Ich lachte sie an.

„Vielleicht der Reihe nach“, gluckste ich vergnügt und erntete einen strafenden Blick.

„Mit Lebensmitteln spielt man nicht“, entgegnete sie, doch ich lachte nur.

„Hast du es noch nie mit einer Gurke getrieben?“

Petra rollte mit den Augen.

„Früher mal, zu Anfang. Dann kamen etwas größere Dinge wie Auberginen und Zucchini. Seit ich den Job mit der Sexartikelvertretung angenommen habe, hat sich das aber stark geändert.“

Ich hatte die Fleischwurst in die Hand genommen. Es war ein ordentliches Kaliber und ganz langsam schloss ich auf äußerst provokante Weise meine andere Hand um die Wurst, streichelte sie und machte ein paar Wichsbewegungen.

„Ferkel!“, lachte Petra und wackelte aufreizend mit ihrem hübschen Hintern. Ich nahm es als Einladung und schob ihren Minirock hoch bis zur Taille. Der leichte Seidenslip rutschte nach unten und meine Hand glitt von hinten zwischen ihre Beine. Das kleine Luder war schon feucht. Ich nahm die Wurst und schob sie ihr zwischen die glitschigen Schamlippen. Sie reckte mir ihr Hinterteil entgegen und lehnte sich auf die Arbeitsplatte.

„Und das Essen?", keuchte sie. Ich ließ meinen Mund über ihren Nacken gleiten, da ihre langen Haare über ihre Schultern nach vorn gefallen waren.

„Das ist die Vorspeise", sagte ich leise. „Wenn du etwas Warmes in den Bauch haben möchtest, musst du noch ein wenig warten." Sie drängte ihren Unterleib gegen die dicke Wurst in meiner Hand und ließ ihr Becken kreisen. Dabei stöhnte sie leise und ihr Atem ging keuchend.

„Du bist wirklich ein Ferkel", keuchte sie. „Und ich bin froh darüber. Mach schneller! Jaaaa, ganz tief. Ooooh, meine Güte, ist das gut."

Kleine Lustschreie zeigten an, dass sie sich einem Höhepunkt näherte und ich steckte einen Finger tief in ihren Po. Sie quiekte auf, dann kam sie. Ihr Lustschleim lief über meine Hand, und ihr Oberkörper sackte nach vorn auf die Arbeitsplatte.

„Die Croissants müssen in den Ofen", keuchte sie und rang nach Atem. Während ich ihre Schenkel mit etwas Küchenkrepp trocknete, rollte sie die Würstchen in den Teig und legte sie aufs Blech. Ich schob es in den Ofen und schloss die Tür. Petra umarmte mich und ihr Kuss war voller Leidenschaft.

„Wir haben zehn Minuten", flüsterte sie, zog den Reißverschluss meines Jumpsuits auf und ließ ihn an meinem Körper herabfallen.

„Los! Setz dich auf den Tisch", forderte sie mit heiserer Stimme. Ich tat, was sie wollte und schwang mich auf den Küchentisch. Sie zerrte mir den Anzug von den Füßen, spreizte meine Beine und tauchte zwischen meine Schenkel. Ihre Zunge war überall, wo es so gut tat. Sie leckte meine Ritzen der Länge nach, fing hinten an und hörte vorne am Kitzler auf. Ich keuchte, als sie tief zwischen meine feuchten Schamlippen tauchte.

„Du schmeckst so gut", flüsterte sie atemlos und ich spürte ihre Finger vorne und hinten. Dann griff sie nach der Fleischwurst und ich bekam meinen ersten Lebensmittelfick. Die Wurst hatte Kingsize-Format und ich stöhnte laut und wand mich auf der Arbeitsplatte. Sie zog das Ding aus mir heraus, doch bevor ich protestieren konnte, drückte sie mir das Teil in den Hintern. Sie fickte mich mit der Wurst in meinen Arsch, während ihre Finger meine vordere Lustgrotte bedienten. Ich lehnte mich zurück und kam pünktlich laut stöhnend zum Orgasmus, als der Backofen-Timer verkündete, dass die Croissants fertig waren.

„Sei ehrlich, du hast geübt", stellte Petra süffisant lächelnd fest und zog den fleischlichen Lustspender aus mir heraus. Dann nahm sie das Blech aus dem Ofen. Ein ungemein leckerer Duft verbreitete sich im Raum und ich beeilte mich, alle Spuren zu beseitigen und wieder in den Jumpsuit zu schlüpfen. Wir aßen draußen auf der Terrasse und tranken den ungemein süffigen Rotwein dazu.

„Du hast es dir hier wirklich schön gemacht. Es ist ganz anders als früher, aber wirklich toll."

Sie lächelte und sah mich an. Mein Lob schmeichelte ihr.

„Du hast es doch auch schön", sagte sie. Doch ich schüttelte vehement den Kopf.

„Es ist das, was ich mir zu Beginn meiner Selbständigkeit finanziell erlauben konnte", wehrte ich ab. „Also eher der Not geschuldet als meinem Geschmack." Einen Moment war Schweigen. Dann fügte ich leise hinzu: „Ich habe in deinem Schlafzimmer das Foto auf dem Nachttischchen gesehen ..."

Petra atmete tief ein. Sie nahm einen Schluck Rotwein, vermied es mich anzusehen und meinte ebenso leise: „Es steht dort seit ich das Haus habe umbauen lassen. Vorher stand es bei mir in meinem Zimmer."

„Ich ... ich hatte keine Ahnung ...", flüsterte ich hilflos.

„Auch bei mir hat es länger gedauert, bis ich das Gefühl deuten konnte. Es entwickelte sich stärker, je mehr Zeit ins Land ging. Und dann ..." Sie stockte, trank erneut bis das Glas leer war und ich goss ihr nach. Unvermittelt blickte sie mir ganz offen in die Augen.

„Ich habe mich geschämt. Für all das, was damals nicht wirklich optimal zwischen uns gelaufen war. Für das, was ich für dich empfand. Und dafür, dass ich vorhatte, dich mit allem zu konfrontieren."

Ich stand auf und ging zu ihr.

„Jetzt bist du das kleine Schaf", sagte ich leise und nahm sie in meine Arme.

„Ich weiß", flüsterte sie und wir küssten uns. Unsere Zungen waren inzwischen miteinander vertraut und signalisierten uns, was der andere dachte und wollte. Wir standen beide schweigend auf und gingen Hand in Hand zurück ins Haus und auf direktem Weg in ihr

Schlafzimmer. Wir rissen uns das Zeug vom Leib und fielen auf ihrem Bett übereinander her. Diesmal trafen sich unsere Zungen nur kurz in unseren Mündern, denn sie hatten anderes zu tun. Unsere Lippen und die Zungen erkundeten jeweils den Körper der anderen, verteilten Liebkosungen und schmeckten die Haut. Unsere Nasen atmeten den Duft unserer Erregung und ließen uns noch tiefer in der Welt der Wollust versinken. Unsere Ohren hörten das leiseste Stöhnen der anderen und nahmen unseren keuchenden Atem war. Wir fühlten den Körper der Geliebten, wie er sich drehte und wand, um noch mehr von der gefühlvollen Zärtlichkeit der anderen zu bekommen. Behutsam drangen Finger in Körperöffnungen und tasteten nach den geheimen Punkten, die uns so in Rage versetzten und wildes Verlangen verursachten. Dabei kamen wir nicht einmal, sondern erlebten gemeinsam eine Reihe von Höhepunkten, völlig ohne die Hilfe von Spielzeugen, Gegenständen oder Hilfsmitteln. Alles, was wir brauchten, hatten wir an uns und setzten alles ein. Lippen, Zungen, Hände und Finger und sehr viel zärtliches Gefühl. Ich empfand kein Bedauern, als mir klar wurde, dass dies der Abschied von meinem bisherigen sexuellen Leben als Hetero war. Es gab nichts, was mir ein Mann mehr geben konnte als Petra. Tief tauchten meine Finger in ihre nasse Grotte ein, dann zwei, drei Finger.

„Mehr!", keuchte sie und ich ließ den vierten Finger folgen. Weich und samtig fühlte sie sich innen an, feucht und schlüpfrig.

„Mehr!", forderte sie und quittierte meinen besorgt prüfenden Blick mit einem Lächeln. Behutsam drückte ich meine Hand in sie, fühlte ihre Hitze und die Nässe, die mir ein Eindringen leichter machen würde. Sanft und zärtlich glitt meine Hand in ihren Körper, den sie mir voller Vertrauen ganz öffnete und ich schlüpfte hinein und begann, sie mit meiner ganzen Hand zu ficken. Noch nie hatte ich so etwas gemacht. Und ich beobachtete sie dabei, sah die Erregung und die Lust in ihrem Gesicht, sah ihren völlig entrückten Blick, der noch immer nach mehr bettelte. Ich schloss meine Finger zur Faust und fickte sie damit immer fester, bis sie laut schreiend in meinen Armen kam. Sie presste meine Hand mit ihren Orgasmuskrämpfen aus sich heraus und ein seliges Lächeln umspielte ihren Mund, als sie erschöpft neben mir lag.

„Das war wunderschön. Danke", flüsterte sie, drehte ihren Körper zu mir herum und küsste mich voller Dankbarkeit. Ich empfand ein wenig Stolz. Es war ein wunderbares Erlebnis gewesen, in ihr zu sein und sie in ihrem wunderbarsten Moment des Höhepunktes zu erleben und anschauen zu dürfen. Einem Höhepunkt, zu dem ich sie geführt hatte. Ihre Atemzüge und ihr rasender Herzschlag beruhigten sich, ihr pochender Puls war nur mehr ein normales Klopfen in ihren Adern. Ich konnte mich nicht erinnern, jemals so etwas Großartiges mit einem Mann erlebt zu haben.

„Du weinst ja", flüsterte sie erschreckt und strich mir ein paar Tränen von den Wangen.

„Weil du mich so glücklich gemacht hast", lächelte ich ein wenig verkrampft und schluchzte. Petra schlang ihre Arme um mich und ich barg mein Gesicht an ihrer Schulter.

„Ich hoffe, dass ich das von nun an öfter tun kann", flüsterte sie und ihre Worte drangen mit unendlicher Zartheit in mein Gehör, fanden den Weg in mein Gehirn und veranlassten meine Tränendrüsen, ihre Produktion erneut zu steigern.

„Nein", schluchzte ich entschieden. „Nein, nicht du. Wir. Ich hoffe, dass wir beide das für einander tun können."

Petra lächelte. Sanft tupften ihre Lippen
mein nasses Gesicht ab.

„Hast du schon mal darüber nachgedacht,
deine Wohnung aufzugeben und hier einzuz-
iehen?"

Ihre Worte lösten in mir ein Erdbeben aus.
Nein, daran hatte ich noch nie gedacht. Sie aber
schon. Und ja, das war genau das, was im Augenblick noch als Wunsch ganz hinten in
meinem Hirn als junges Gedanken-Pflänzchen
im Entstehen begriffen war. Ich küsste sie.

„Wann?", fragte ich sie.

„So schnell wie möglich", antwortete Petra
und ich spürte ihre Hand zwischen meinen
Schenkeln.

Ende

Dana Delarue

Edward Storm

Ab 18
Nina und Tina
Das erste Mal mit der Stiefschwester
Lesbische Liebesspiele
Kim Wixxx

Kim Wixxx

Max Spanking